流浪的老狗

张洁 著

陕西新华出版传媒集团
太白文艺出版社

图书在版编目（CIP）数据

流浪的老狗/张洁著. — 西安：太白文艺出版社，2018.1
ISBN 978-7-5513-1344-5

Ⅰ.①流… Ⅱ.①张… Ⅲ.①随笔-作品集-中国-当代 Ⅳ.①I267.1

中国版本图书馆CIP数据核字（2017）第287944号

流浪的老狗
LIULANG DE LAOGOU

作　　者	张　洁
责任编辑	王婧姝　曹　甜
特约编辑	王　锦
整体设计	格林文化
封面设计	凌　莉
出版发行	陕西新华出版传媒集团
	太白文艺出版社（西安北大街147号　710003）
	太白文艺出版社发行：029-87277748
经　　销	新华书店
印　　刷	北京鑫海达印刷有限公司
开　　本	960mm×640mm　　1/16
字　　数	100千字
印　　张	12
版　　次	2018年1月第1版　2018年1月第1次印刷
书　　号	ISBN 978-7-5513-1344-5
定　　价	69.00元

版权所有　翻印必究
如有印装质量问题，可寄出版社印制部调换
联系电话：029-87250869

一个陌生的人,来到一个一辈子也不会想到、来到,而且永远不会再来的陌生之地,是缘分还是什么?

前言

谁能说摄影不是另一种形态的小说?很多时候,一片摄影就是一篇言之不尽的小说。

有位西方朋友问我:"你喜欢北京的家,还是喜欢美国的家?"

我认真地想了想说:"我喜欢流浪。"

他点点头,似乎很理解我这么说的缘由,然后我们陷入了沉默。

换了其他人,可能会觉得我矫情。

可谁能打从内里理解他人的人生?

也许这种取向,和我的经历有关。从生下就遇到了战乱,不是寄人篱下就是逃难,母亲和我从来没有家,都是暂时的、苟且的居所。从某一方面来说,这种经历竟也是一个有益的铺垫。

正像毛夫人"抓"的样板戏——《红灯记》那出京剧里李玉和所说:"有了这碗酒垫底,什么酒不能喝?"

不过言之有理。好比男人劳作的苦功,几乎我都能干:登高爬低、安装电器、修理家具、扛活提篮……全不在话下。至于生活中的苦处:疾病疼痛,忍饥挨饿……即便背着人,我哼都不会哼一声。

直到一九四九年以后,我们总算有了固定的居所,但从小打下的烙印,却无法抠掉了。

谁有力气清除一辈子积攒在灵魂上的灰尘(恶心点说是垃圾)?如果有人能够做到,我算服了他。

自一九八二年开始,因为作品被很多国家翻译出版,于是不断被邀请访问那些国家,特别是欧洲。对多国的访问让我眼界顿开,但也发现他人的招待虽然周到,甚至条件优厚、安排有序,各项活动却很正式:正式的会议、着装、宴会、采访、与各种人物的会见……而我是个吊儿郎当的人,自由自在惯了,渐渐地,我开始另寻"活路"。

直到现在,我的英语还是洋泾浜英语,从中学到大学,学的都是俄语,而后又舍不得抽出时间学习这种世界通行语。能说两句,也是多次出国耳濡目染的结果。"目染"?——我的意思是从肢体语言渐进到两句洋泾浜。

不过从小就是愣头青——可是,不愣头青怎么往下活!

有了前面那些出国访问的铺垫,也就不惴头带着一口洋泾浜英语独来独往于各地了。反正我想,实在难得过不去,就去当地警察局,往他们的办公室一坐,说"我需要帮助",然后就赖在那里不走了。

据我观察,那些国家的警察基本敬业。

几年前,应作家祝勇之邀,为他的书写过一个序,说是为祝勇的小说而写,其实是为我自己。

"有人生来似乎就是为了行走,我把这些人称为行者,他们行走,是为了寻找。寻找什么,想来他们自己也未必十分清楚,也许是寻找心之所依,也许是寻找魂之所系。行者与趋至巴黎,终于可以坐在拉丁区某个小咖啡馆外的椅子上喝杯咖啡,或终于可以在香榭丽舍大街上走一遭,风马牛不相及。行者与这个世界似乎格格不入,平白地好日子也会觉得心无宁日。只有在行走中,在用自己的脚步叩击大地,就像地质队员用手中的小铁锤，探听地下宝藏那样，去探听大地的耳语、呼吸、隐秘的时候，或将自己的瞳孔聚焦于天宇，并力图穿越天宇，去阅读天宇后面那本天书的时候，他的心才会安静下来。对于路上遭遇的种种，他一面行来，一面自问自解，这回答是否定还是肯定，他人不得而知，反正他是乐在其中。不过他是有收获的，他的收获就是一脚踏进了许多人看不见的色彩。"

在独自游走中发现，流浪的最大惬意是谁也不认识我，我也不认识谁，自然也就没有了看我不顺的人，和我不愿意掺和的事，实在是太太太地自在。

奇怪的是不论在哪个国家，那些说着不同语言的、流浪的野猫都对我格外亲切，只要一声"嗨"，它们绝对会走过来向我示好，这也似乎证明，前生我大概就是只流浪的野猫，而"流浪"之好，不过是今生对前生的延续。

这张图片仅是其中之一，那天经过这一处老区，起先没有一只猫仔，突然之间却冒出八只之多，我便自作多情地想，它们是冲我来的。

这个规格的列队欢迎，怕是毛也没有享受过的待遇

我旅行没有特别清晰的目的，只定出一个大方向，然后走哪儿算哪儿。喜欢乘坐大巴不但因为便宜，更因为它通常都会绕停靠的小镇一周，这个绕行很好，可以看看该地是否值得游览。如果第一感觉不错，就下车待一宿，既省钱又有更多的机会游览那些没有被大款搅扰的地方。那些地方，既不能购买LV，也不能享用一千英镑一瓶的美酒……但是别有洞天。

至于我都去过哪里，自己都想不起来了，大多的小镇、小城——那些旅游者很少涉足的地方，只有一次，在西班牙的龙达，看见两个人在斗牛场外随地扔饮料瓶子，当时很奇怪：难道西班牙人也这么不文明？走近一看，原来是两位服饰相当阔绰、绝对不是来自台湾的同胞。我汗！

到处流浪的一个副作用，就是午夜梦回，常常有几秒钟时间，不知身在何处。摸摸自己的床，再在黑暗中审视一下家具模糊的影子，想了想，才能知道自己是在哪里，可也没有什么不适的感觉，然后接着再睡。

再一个副作用就是：跑野了。总想再次上路，可是年龄不饶人，我已经是七十大五的老人了，腿脚渐觉不便，再不能像过去那样健步如飞,即便小伙子也没有我走得快、走得远。我说,那是你们太依赖汽车的缘故,而我是能不坐汽车就不坐汽车。就像很少参加应景的饭局。人说,不吃白不吃。我说,谁说不吃白不吃?你付出的是你的健康。固然已经难以找到没有掺毒的食品,但饭馆更不可信,自己加工至少可以尽量减少掺毒的污染。

一

先出示一下我的出行工具。

别以为我多趁钱,可以这样潇洒地游走四方,秀秀我的出行工具,再看看我乘坐的大巴、火车以及火车站男女两用的厕所(您看了以后呕吐,我可不负责)、购买车票的地点,您就明白我是如何旅行的了。

每次购买车票,哪怕在不同的国家,售票员也不等我发话,便撕一张三等车的车票给我,想必我那身"行头",不用问就知道是坐三等车的人。或许这就是在小偷盛行的地方,我也

我乘过的大巴

我乘过的火车

我的旅伴

火车站的厕所

我常去的华沙火车站站台

没有丢过一次东西的缘故。可也是，人家为什么要偷一个看上去比自己还穷的人呢？倒是在北京，被人掏过三次包。

我也从来不住五星饭店，一是没钱，二是因为五星饭店的风格都差不多，奢侈而已，再说参加会议时可以住，且由主办方开销——当然，绝对不是咱们国家召开的会议，咱们国家在五星级饭店召开的会议，人家也不会让我参加。

不用自己掏钱的威尼斯五星级饭店

我已经太老，睡眠不算太好，无法像年轻人那样，落脚在几个人一间的青年旅社，任凭四周吵闹也能安然入睡。不然如何保证第二天的行程继续？

只能背个背包边走边选，见到可意的旅店就进。好在欧洲的小镇很小，对我这个喜欢步行的人绝对没问题。租用之前，店主还可以应你的请求，让你看看房间的格局，如果满意，还可以讨价还价。

这种办法，为我的旅行增添了不少意外的乐趣。

比如，在某个小镇的某个小旅店，有位每天早餐吃得足够我一天食量的苏联女人娜塔丽，她的曾祖父竟然和那个时代最杰出的作家屠格涅夫等人，是一个圈子里的人！她斩钉截铁地对我说：苏联没有文学。

那么，索尔仁尼琴的《古拉格群岛》，帕斯捷尔纳克的《日瓦戈医生》呢？我问。

她说，那是政治，不是文学。

回首一望，不能不承认娜塔丽言之有理。中学时狂热崇拜过，并深受其思想影响的《卓娅和舒拉的故事》、《钢铁是怎样炼成的》，可不都是为一种理想服务的教科书！

为写《灵魂是用来流浪的》那部小说，我在六十九岁高龄，登上秘鲁四千三百米的高原，去寻找原住地的居民，以了解印加文化。其实我应该选择墨西哥，之所以选择秘鲁，是因为那是一个相对贫困的地方，更容易找到印加人的原住地。

又特地到了西班牙第一位入侵秘鲁的将领，皮萨罗的故乡 Trujillo（特鲁西罗）小城。当地人自古以来多在军中供职，我居然在那里找到一个很特别的小旅店，它由六百多年前至今都在军中服务的一个老家族的老屋改建而成。

古老的房子巨大，如今一部分改为饭店，一部分改为咖啡屋，一部分改为小旅店，可想而知当年的气势。

那旅店就像一个小小的军事博物馆，每个角落里摆放着从祖先到眼下使用过的远征军的箱子，盔甲、长矛、剑戟，直到现代武器。只是我客房外立着的那个比一人还高的全套盔甲，晚上看起来有点吓人。

墙上挂着二战时期一位空军前辈被领袖接见的照片，以及当下在军中服役的亲属被领袖接见的照片……小旅店内这些难得一见的旧物，我一一拍了照片。痛心的是，我在秘鲁和西班牙采风的片子全部丢失。

我虽然不追随时尚，但追随电脑，三两年就得换一台，现任电脑是 AirApple，那些资料肯定在新旧电脑的多次转存中不小心丢失了——这事不能提，提起来就无比痛心。因为我去的一些地方是一般旅游者不会去的，比如海拔四千三百米印加人的原住村落。

入住时，单人间只需二十四欧元。店主声称手上没零钱找回我那五十欧元"大票"，第二天才能找还给我，且没有写下欠条。可第二天早上，我一打开房门，只见找回的钱，按面值及钢镚儿大小，一字排开地列队门前……这大概算是老家族和暴发户一个小小的区别吧。

到达 De La Frontera 小镇时间已晚，跑了几家旅馆都被告知没有床位，而长途汽车站的问询处已经下班，想要寻求帮助也找不到人。看看长途汽车站外的长椅，虽然我不在意在那上面过夜，可是正值盛夏，蚊子多得咬死人。怎么办？看来只好去警察局了。这时我突然听见近旁有人说英语，虽然发音奇特，但确是英语无疑，赶忙跑过去求救，能否帮我找到一个住处？他说，正好他的朋友刚刚买了一套公寓，可以为我提供住宿，一夜二十五欧元。我已顾不上讨价还价，马上跟他走人。

后来有朋友说，你不害怕吗？我说，有什么可怕的，我这个看上去再穷不过的老太太，情况再坏能坏到哪儿去？

他的女性朋友（不是女朋友）也很热情，马上为我腾出一个房间，他们两人则住到一个房间去了。

在此我要特别说明的是，在西方，如果二人不是情人关系，就是住在一个房间，什么问题也不会发生。我很羡慕这种界限分明的关系，而在咱们这里，且不说这两人之间会有什么事情发生，旁人也会为他们演绎出色香俱全的故事。

第二天一早他们就要返回马德里，让我走时，只需把钥匙放在桌上，房门关上就行。

等他们离开，我才好去洗澡，刚一进洗澡间，就发现一枚钻戒放在洗脸池上，我转身就来到走廊，好在他们刚刚走到天井，大呼小叫让他们回来。她回转来拿回钻戒，让她会说英语的男性朋友告诉我，那是她祖母留给她的。之后西班牙语的无穷无尽的感谢话说了很久，不知她那担任翻译的男性朋友累不累。

但不久，我就尝到了我和她之间语言不通的痛苦。

离开公寓时我才发现，钥匙不能留在桌上，因为公寓大门还须这把钥匙才能开启，为安全起见，公寓大门平时是锁着的。

我只好带着这把钥匙来到马德里,然后给这位女士打电话,问她的地址,以便把钥匙送过去。可是她连一个英文号码都听不懂,更别说告诉我她的地址。我大声地一字字地重复我的话,也无法让她明白我说的是什么。直到管电话的人出来干涉,说是我影响了其他人上网。真不好意思!

于是只好打国际长途,请懂得西班牙语的女儿与她通话……可她和她的男性朋友真是好心人。

顺便说一句,那个小镇上的西班牙海鲜饭真好吃。绝不是因为"惊艳"才这么说,又不是第一次吃它,"比较度"早已明晰在心。

最现眼的是有天走累了,恰好途经地处小镇边缘的小教堂,微风吹拂,树影婆娑,教堂外还有一长桌……放眼四周,很长时间无人经过,好一个午休之所,便肆无忌惮地躺在那长桌上睡了过去。忽然惊梦,睁眼一看,一队旅游团正熙熙攘攘挨着我的"睡榻"走过,只得继续装睡,待他们走过赶紧坐起,溜之乎也。尽管人家没见到我的庐山真面目,那也够现眼的。

二　如此轻而易举的见异思迁

二〇一二年十一月，应意大利托斯卡纳大区之邀，前去领取有各界精英参与、颁发的论坛奖，回程在比萨转机。

在比萨负责接待我的，是比萨大学一位研究神学的教授。

其实巴掌大的一块地方，又是第二次去到那里，根本不需要他人接待，只能说是主办方的热情，并再次体会到"绝对不能旧地重游"这一"真理"。

与二十多年前曾经的宁静相比，如今比萨到处是高腔大嗓、惊得鸡飞狗跳、惹人频频侧目的某国人——哪国人？你懂的。还有满世界的地摊。

这位教授一再向我推荐那些大大小小、哪怕藏在小巷里的教堂,我也一再声明我不信仰任何宗教,他说这是文化。我说,文化的内容很多,而我没有选择宗教这一门科,而且他的意大利式英语,听得我耳朵嗡嗡作响,耳根生疼,可是他的热情实在让人难以拒绝。最后,还要参观一个博物馆。进馆之前我说:"请问这是一个艺术博物馆还是宗教博物馆,如果是后者,对不起,我不进去了。"

他回答说:"是艺术博物馆。"

我将信将疑地跟他走了进去,一看,全是有关宗教的绘画和雕塑,说到底还是一个宗教博物馆。我只好往展厅里的椅子上一坐,说:"对不起,我的心脏病好像发作了,我得马上吃药。"

他说:"我家里有治疗心脏病的药。"

我说:"不行,我一定得吃中药,现在我就得回旅馆。"

"你没把药带在身上吗?"

"没有。"

"噢——我还准备了丰盛的晚餐,晚餐后还希望你在我们家留宿呢。"

那一会儿我着实佩服自己,平时笨嘴拙舌,怎么就能立马撒出这么一个天衣无缝的谎?又幸亏我自己租了旅馆,不然我当天晚上就得听他一夜的布道,搁谁身上都得发疯。

与教堂的关系相当曲折,年轻时或因慕名,或因"到此一游"的心理,不去不可地到过那些浪漫的大都市,以及那些著名的大教堂:巴黎圣母院、科隆大教堂、赫尔辛基的岩石教堂、维也纳的圣斯特凡教堂……后来不知怎么变成了拒绝,不但过门不入,就连那些宗教绘画,都一并拒绝了。

西班牙岛上的小教堂

托斯卡纳一小镇的教堂

破败的小教堂

阿拉巴拉巴马小教堂

更喜欢的是小镇上那些毫无说头的小教堂。

虽然本人不曾皈依任何宗教,甚至对宗教充满怀疑,但坐在那清寂无人、名不见经传的小教堂里,却有一种魂归故里的感觉。

La Palma(拉帕尔马)的小教堂

海边的小教堂

有的教堂，我相信除了我没有国人去过，以后也不会有。因为那地方如果没有"地头蛇"的指引，外乡人是找不到的。

我也不知道这种变化的原因，很可能是我的矫情，也很可能是"够了"——如此轻易的见异思迁！

1989年去卡普里接受马拉巴蒂（Malaparte）国际文学奖，历届获奖者都是我应该仰视的作家，所以当我接到那个通知时，真有些不敢相信。

该奖历年得主为：

一九八三年　安东尼·博尔赫斯

一九八四年　索尔·贝娄

一九八五年　南丁·戈迪玛

一九八六年　马纽·普依戈

一九八七年　约翰·里·卡累

一九八八年　瓦西里·伊斯堪德尔

一九八九年　张洁

博尔赫斯是我最喜欢的南美作家，我认为比那位马尔克斯实在好得太多，这是无可比拟的两个作家，好比大排档与精品之间有可比基数吗？

授奖委员会招待周到,带我旅游了卡普里周边诸多名胜古迹,包括庞贝。那时的庞贝,没有几个游人,又是下午时光,曾经的"死城"氛围还真有些瘆人。

2006年重返庞贝。两张不同年代的照片,无情地演绎了"物是人非事事休",谁还忍心回去呢?

也许世界真的改变许多,更多的人有能力旅游了,曾经寥落的庞贝也变得拥挤不堪,但也失去了它特殊的着眼点。

又比如巴黎,奇怪的是我一点也不喜欢巴黎,纵有千般好,跟我一点也搭不上关系,我想法国的南方小镇,才更合我的意趣。

1989年庞贝

2006年同地物是人非

也去过西班牙,但绝对不去巴塞罗那,那里睁眼、闭眼都是高迪,而我一点也不喜欢高迪……不是人家不好,而是个人口味问题。

又比如佛罗伦萨,当然还有个更浪漫的译名:翡冷翠。不就是那座桥和桥边挂满了同心锁的铜柱,那是年轻人的寄托。

既然去了,只好找找对我来说有点意思,而又游人不多的地方。比如柱子上的蜥蜴,以及柱子上的文字一个也不认识,难道是魔咒,有人注意过它吗?

当然,有些时候因为贪便宜、"不去白不去"的心理、或是某种迁就,不喜欢去也就又去了。

爬着蜥蜴的柱子

洗尽铅华

三

真不能相信,这么美丽、深不过膝的小湖,竟然淹死过一个六岁的男孩,作为家长的父母自此之后,痛苦得难以度日,最后竟导致离异,因为在一起就想起他们没有对儿子尽到的责任。

可这几个哥们儿,似乎不知道湖里曾经发生过什么。成天游手好闲地游来游去,没人敢招惹它们,更别说把它们逮起来吃了。这还不说,有一只每次都会脱离它那几个哥们儿,游回来跟我叫板!就是有绿色颈羽的这只,这家伙好像特别好斗。我都认识它了,想必它也认识我了。它们的字典里有"安全感"这个词儿吗?

游手好闲的鸭子们

与我叫板的鸭子

四　米兰的"黄牛"

米兰的时装秀对我毫无吸引力,倒是不可不去拉·斯卡拉歌剧院看场歌剧,当然还有《最后的晚餐》那幅画。以后有机会我会说到,如何当场看到了几个月前就得预订的那幅画。

同样,拉·斯卡拉歌剧院的票,很不好买,如果仅是一个过客,尤其难以得手。于是早早去到歌剧院买票,意料之中已然卖光。无奈四顾,居然发现了"黄牛"!立马心动过速,即刻与一"黄牛"套上近乎,无非是希望他不要宰得太狠。

说来说去,"黄牛"不是不可通融,而是他手中仅有包厢票,不论怎样让步,票价还是太高,我哪里承受得起,只好讪讪离去。

晚上再去歌剧院碰运气,希望遇到退票的主,可是没有,说的也是,谁能舍得撒手这样难得的票?

一抬眼竟然看到上午见过的"黄牛",他讪讪地对我笑笑,显然手中的票没有全部出手。于是我们再次互套近乎,票价当然比上午便宜,但对我还是过于昂贵,想到第二天就要去COMO,之后另选其他路线,难得再来米兰,只好忍痛买了他的包厢票。

米兰拉·斯卡拉歌剧院

米兰拉·斯卡拉歌剧院二楼大厅

所谓包厢,其实是在五楼,效果还不如池座,但聊胜于无。但作为吹牛,可能就有得吹了。"我在拉·斯卡拉歌剧院听歌剧时,坐的是包厢。"那确实也是包厢,谁能说不是?

上演的剧目是由肖邦钢琴曲编排的芭蕾舞剧《茶花女》。

米兰最让我留恋的是它的咖啡卡布其诺,随便走进一家,都让人口舌生香。三个多欧元一杯,还附带赠送几个小小的意大利"汉堡"或三明治,虽然它们小得像大衣上的扣子,但里面的夹料让人难忘。对饭量不大的女人来说,就是一顿小餐了。

我终于明白,为什么意大利人喜欢站在吧台上喝咖啡了,原来站位不收服务费。如果您像我一样不趁很多钱,而又喜欢旅行的话,请注意这个细节。当然您如果很趁钱,就不用像我这样锱铢必较了。比如在佛罗伦萨那个最著名的咖啡店,买杯卡布其诺,也就是三四个欧元,可是一坐下来,就是近十个欧元了。

米兰最老的咖啡店 Rosanna Mambretti 久负盛名,人满为患。橱窗内所有均为甜品,由巧克力制作。只是玻璃反光,看起来很模糊。不过透过玻璃橱,隐约可见墙上的字号招牌。

米兰最老的咖啡店 Rosanna Mambretti

在意大利小镇 Castelnuovo（卡斯特努沃）逗留期间，小镇上的那家咖啡店虽无法与米兰的 Rosanna Mambretti 比美，但咖啡的口感也不错，九毛九一杯，挺大，不是喝 Espresso 那种小得像国人喝白干用的杯。每天早上来两杯，还觉得不过瘾。而且是那个店的女服务员，帮我找到了可以上网的小店，不然我真就无法与世界沟通了。

Castelnuovo咖啡店店员，多亏她帮我找到可以上网的小店，不然我真就无法与世界沟通了。

Castelnuovo 咖啡店

我想念意大利的卡布其诺，非常，非常。在走过的所有国家中（欧洲除了冰岛没去过，有些国家超过十次往返），没有一处的卡布其诺赶得上意大利的醇美。一位意大利朋友告诉我，卡布其诺对奶油的要求十分特别、严格，如果没有那个金刚钻，您就是揽下那瓷器活儿，也只能是东施效颦了。

五

东边日出西边雨,道是无晴却有晴?

是那些守候在海边的海鸥吗?

大部分船上都载着历史。

有晴无晴

列队的海鸥

校舍

六

    图片是某个所谓贵族学校的几处校舍。一栋栋校舍靠的是学生家长捐赠,且出手慷慨,除了支持教育的目的之外,就是这些钱可以不缴税——换了谁也会这么干。

    在这所学校里,女学生绝对不可穿着暴露——听起来怎么比我们还封建、保守?呵、呵、呵!男学生必须穿着半正式的长裤,衬衣或有翻领的T恤,这说的是夏装……至于回家后,你爱怎么着就怎么着,学校就管不着了。

    学校要求学生必须遵循上流社会的各项礼仪。

学生家长捐赠的校舍

参观那天,同是参观的一位妇女走在我的前面,当她正要进入教学楼时,后面一个男生快步走上前去,为她打开了教学大楼的大门。陪同参观的人介绍说,那位男生是杜邦家族的孩子。我以为这种家庭的孩子,怎么也得说个"我爸爸是杜邦"。其实在这所学校里,很多学生可以比"我爸爸是李刚"还李刚,可他们以这样说为耻辱……

还看了一场美式足球赛,12号是队长,上次比赛摔断了腿,这次虽不能上去拼个"你死我活",却拄着双拐在场外站完四场;两队赛前唱国歌的场面因赤诚而动人……这些也该算是上流社会的礼仪吧。

开赛前唱国歌

美式足球赛

阿拉巴拉巴马的房子

七

阿拉巴拉巴马的房子很有特点,开门就是街道,没有任何"前奏",也没有前厅之类的分界,所谓开门见街是也。就连我租住的旅馆也是如此,很不习惯,似乎没有隐私或安全感。

有点小建议,如果去阿拉巴拉巴马旅行,不必在那里住下,值得一看的地区(也就是图片中的建筑)很小,一天足够。但有间咖啡屋的厕所,是我见过的染色最为清新、不像厕所的厕所。

染色清新的厕所

当然，如果想住住开设在这种房子里的旅馆，一夜也就够了。屋顶如外部情况一样，保持拱形，可看得见垒顶的片石。

阿拉巴拉巴马旅店的客房

南瓜小摆设

八

不知这是否人类的恶习,什么东西看久了就会产生审美疲劳,甚至生厌,哪怕是两情之间。尽管常态之下双方本意并非如此,也并非某方见异思迁,可事实却如此无情,让人不得不面对誓言与食言之差的尴尬。小至在下对任何节日的厌倦,哪怕是最传统的大节,比如春节、圣诞节,更别提妖魔鬼怪泛滥的美国万圣节。

可这恶习也给人以警示,为避免这种遗憾,人们只得另辟蹊径,大至当代人对婚姻形式的思考;尤其艺术上的思辨更加凸显……

那日在一户人家看到另一种庆祝万圣节的小摆设,此外再没有万圣节盛行的妖魔鬼怪,这当然算不得艺术创作,不过像是一家盛名在外的饭馆,突然换了菜单,从前就是再好,也就是那几道招牌菜,去过几次也就没了胃口……还有他们的儿子,将所有男人的鞋(父亲、朋友、兄弟)摆放在后门柜子上展示,可以说是别出心裁。那些鞋子每双都在43码以上,似乎是可以乘行的小船。

当然我不能保证,当这种摆设再次出现的时候,我仍然有兴趣将它们拍摄下来。

还有他们摆在门外的南瓜,也是小小的一个。这不是应付差事嘛!可有人还不凑趣,离万圣节还有两周,就急不可待地先咬上了一口。

被人捷足先登的小南瓜

九

这些鲜花,是献给我敬重的女人们的。

尊重女人,不一定是我们情爱的某个女人,有些女人虽然不是我们的情人,但她们的作为让人起敬。因为她们成功的金字塔,不曾靠任何手段上位,而是靠自己一砖一瓦垒筑的。

当然也送给那些在旅途中帮助过我的女人,那些根本不相识,而且永远不会再见的女人,她们的慷慨相助,尤为让

献给女人的鲜花

人感动。

有次在华沙乘电车,以为像乘公共汽车那样,可以在司机那里买票,谁知他说没有票,我不知是否应该及时下车,找到卖票的地方,买票之后再重新乘车。这时一位会说英语的女士,给了我一张二十四小时内可转乘任何车的车票。我坚持要给她钱,她坚决不收。她对我说,前些年她和丈夫一起去台湾旅行,丈夫却不幸在旅途中亡故,很多台湾人给了她温暖,也给了她帮助……她还留下了她的电话号码,说我如果需要什么帮助,就给她打电话。

我赶忙留下我的 E-mail 地址,希望她哪天去北京旅行,一定通知我,也给我一个尽地主之谊的机会。我请她留下了名字:Teresa。

见识过一个小城的汽车总站,乱到"无从下手"的地步,转了几个圈也没找到咨询处,更找不到去下一站的汽车和站台。问谁,谁也是一耸肩、一摊手,不懂我在说什么。又是一位会讲英语的妇女,不但带我找到问询处,还替我问清楚去下一站的站台、各个车次出发的时间、车费,并一一为我写在纸上,然后才带着她那三岁、可爱而又有点害羞的儿子离开。我后悔自己的犹豫,总不好意思提出,给帮助我的那些人拍张照片。

她离开之后,我又到发站台实地考察。十点即将开出的大巴司机汤姆斯,就站在那里等候开车的时间。他讲英语,对我说,这里上午有两趟车,他开的是十点那趟车,我说,我恰巧要坐的是十点的车,然后和他确认了乘车的日期。

还有那位我付款后,却忘记取走自己的信用卡时,为我保存了许久的大巴售票员……我无法想象,如果发生在国内,情况又将如何?

还有,还有……

据说很多女人喜欢紫罗兰色,按照星相(?)的说法,喜欢这种颜色的人非常浪漫。浪漫这种东西在吟诗作赋时可能多多益善,真要是用于其他方面,可能会让人赔得血本无归。

而有些女人则让人心疼,以为爱她的那个男人,是一生一世的爱,于是将自己的一条命,作为报答,下场呢?不说了。送些花算是安慰吧。

紫色的小花

小车站全景

十

这个名不见经传的小车站,曾经是个驿站,那栋小楼当年是驿站的旅店,如今已改为公寓出租。

小车站全景图片,从结构来说,没什么太大的意思,只是天公助我,给了这毫无特色的图片一束奇特的光线,像是光谱分析,应该算是一份意外的礼物。只在上中学的时候,从课本上得知太阳的光谱非常复杂,不仅仅是我们看到的那样。那时有些物理、化学课程老师可以通过实验,来证实他们的讲授,而太阳光谱这一课,似乎难以做到。这张图片,

站台

算是补上了中学的实习课。随着科学技术手段的发展,也许现在可以做这种实验了也未可知。

除了歇脚的椅子,站台上还有冬天供暖、夏天供冷的小候车室。

只有三个分类的垃圾筒,此外并不见有人打扫,车站却干净得一尘不染,地上不见一个空饮料瓶、一张包装纸、一块口香糖残迹⋯⋯

如此干净的车站,让我想起某地方领导说他们那里"干净得像狗舔的一样",听他这么打比方,我心里很疼,因为我爱动物,不然我不会自比"流浪的老狗"。

我说领导,看看这个小车站,您就不能打点别的比方?

候车室

十一

最喜欢色彩丰富的秋天,一瞬间的灿烂绚丽,一瞬间的永不回头、转瞬即逝,就集中在不长的日子里。

那拼却全力的最后一跃,既让人享尽人间营造不出的美色,又让人感慨万千,但愿来年再能相见。

秋天的另一张脸

十二　洛克菲勒家的"石磨坊"（Stone Barns）

洛克菲勒家族的事不用多说，大约世人皆知。

"石磨坊"也就是洛克菲勒农场，从前是他们家族的地产，若干年前捐赠给了纽约州作为州立公园和农场。

由于景色幽美（所以不少人在这里举办婚礼或是开party），倡导健康生活，附近铁路大亨、钢铁大亨的庄园，都不及这个农场人气高。当年这一带就像纽约的乡下，大亨们大都就近在这里选择一块地界，作为行宫。

农场种植的是有机农作物，附近的学校，特别是小学的

居然还能见到这样老的农机

老师,有时会带学生(还有家长带着孩子)到这里做直观"教学",看看如何养殖牛、猪、羊、鸡、蜜蜂……以及如何种植若干农作物。有时孩子们还小小的实习一会儿。

那些蜜蜂的蜂房,被漆成各种颜色,以便居住在里面的蜜蜂便于回返自己的寓所。蜜蜂养殖区的围栏,也做了六角形,算是对蜜蜂的人文关怀,可谁知道那些蜜蜂对这一举措,在意或是不在意?

洛克菲勒农场

农场距离纽约车程几十分钟,对于闷在高楼大厦里的纽约人来说,是一个方便的假日放松、休息之地——如果不想做长途旅行的话。

何况附近的小镇睡谷,就是"无头骑士"那个故事的发源地,作家华盛顿·欧文的故居也在这里,对没有长久历史的美国人来说,就算是名胜古迹了。

还可以在农场附设的饭馆,尝尝他们的有机菜肴。食材全部来自农场的当季产品,所以菜单上的菜肴品种不是很多,但味美价高,如想就餐,须在一个月前登记等候。

饭馆和厨房外景

对于那些常来常往的人，可以选择经济实惠的咖啡屋就餐，所谓咖啡屋，不只经营咖啡，除了甜点还有其他饮料和食物，自然也是有机食品。价格比北京的星巴克便宜，品种也不少，一个人十块钱足够，绝对物超所值。餐巾纸和糖粉，就放在室外，没人往兜里装。记得有一次在北京星巴克喝咖啡，店员递给我的是由他调好的咖啡，也就是放多少糖和奶油，由他决定，而不是顾客。我问："您不知道众口难调吗？"他回答说："不敢放在外面由人自取，不一会儿就什么都没了。"

理解。不过再也不去就是了。

咖啡屋

洛家的小狗

农场门票象征性地收取五元。说是象征性的，是因为在这个农场就业的工作人员相当多，且多是高学历，工资怕是不低，还有维持这个农场的一应费用……五块钱的门票，显然就是象征性的。

农场在丘陵地上起伏着已经有年头了，难免这里的围栏朽了，那里的小门塌了，为保持原始状态，那些豁口也就敞开着，当地人也就从各个豁口随意进出，就像进出自家的后院，连门票都省了。

还有一点要说的是，这里的小卖部、饭馆、农产品市场、咖啡屋，都可以用信用卡付款，不像有些商店、理发店……只收现金和支票。人家没那么小家子气，靠偷税漏税赚钱。

照片上的小狗，对我的感情似乎有些特殊，我刚在沙发上落座，它就立马跳上沙发偎依在我的怀里，再不愿离开。是啊，谁让我是条老狗呢。

十三

曾经以为,一就是一,二就是二——这里说的不是数字。这种书本上的知识,在现实生活中屡屡碰壁,好比说,最靠谱的事却未必靠谱,指不定还是弥天大谎,而指天发誓的誓言也不一定兑现……慢慢地就懂得不仅要多角度看问题,还得衡量再三,最后闹得事事都得前后左右地测量一下,还成了习惯,是不是恶习还真不好说。

两张图片,拍自同一地方。远看是风景,近看就成了历史,还是挺沧桑的历史。但是两种景况各有千秋,我倒是更喜欢"真相",因为一定有故事。

远与近的辩证

十四

去欧洲旅行的人,更多的可能是对那些有说道的大型建筑兴趣有加,少有人会对那些残破的老房子发生兴趣。

和北京老四合院的居民一样,对这些老房子,欧洲人的感情也是复杂的。

四合院从文化传统、氛围、空间独立、闹中取静等方面来说虽好,可越来越多的老四合院被拆除,人们愿意或是不愿意都得渐渐搬离,选择了有上下水管道、煤气、独立厕所的公寓。

老房子

同样,欧洲人当然知道老房子和新公寓的好歹,可还是禁不住搬离那些从生活角度来说极为不便的老房子。

那些败破的老房子虽然被人遗弃,但依旧我自岿然不动地立在那里,这是因为西方的老建筑,大多由巨石建成。要想等到那些巨石粉身碎骨,谁能熬得过呢?

咱们的老房子熬到这个岁数,可就该"粉身碎骨"了。——据说(只能据说,俺没上过清华)老早以前,清华大学的建筑系叫作土木工程系,因为我们的建筑用材多为土木,故此而名。——就连皇宫的建筑用材也是如此,这样的建材自然难以长久,大家一定记得,有点说道的老建筑的维修,是我们周围长年不断的一道风景……

居然有人这样居住

记得不只一次和朋友讨论,对社会的某些变化如何界定?比如这种迁移,是社会的"进步",还是"发展",还是"变化"?又比如E时代的到来,在我们得到许多便利的同时,我们又失去了什么……所以她不认为这是进步或发展,只能说是变化。说的是啊,人家念的是人类学。

……有人却反其道而行之。在欧洲一个小镇,遇到一个英国人和他的荷兰太太,他们就买了一套被人遗弃的老房子,经过改建,有了上下水道、厕所、煤电供应,总之,一切对生活方便的设施,应有尽有。不好问人家费用多少,但从英国人的节俭习性猜想,不论购房还是修建都不会很糜费。

其实我不认识他们夫妇,只是因为当我在那个小镇 停下的时候,全镇大概只有我一个中国人,就变成了注意的焦点,有一天在路上与他们相遇,他们便停下脚步与我交谈,似乎有点投缘,便请我去家里做客。

没想到是吃晚饭,而他们事先又没告诉我,我也就没带礼物,于是推说已经吃过晚饭。真是吃过了,幸亏吃过了,不然那么点牛排够谁吃?连他们自己家人都不够。

他们买下这房子的时候,就像外墙挂满野花的这栋一样破旧。

破旧的老房子

铺在路边的老瓷砖

还有人把那些老瓷砖,铺在了路边的墙根儿上……

可是经他们改建过的破房子真叫好,在那由巨石建筑的"洞穴"里,冬暖夏凉且不说,实在是太、太、太有味道了。什么味道,我也说不清,就是王八看绿豆,对眼。

如果没有那对夫妇的邀请,我永远不会知道那种破房子里面的情景,这倒好,从此让我念念不忘。

旅途上看到的老破房子可真不少,且空无一人。

每栋都让我生出非分之想:要是我现在三十岁,拼了命

海滩上的房子

也得买一栋。

三十岁,多好的年龄段,它还有多大劲儿任我折腾,又有多少条道儿供我选择!

可一想到中国护照申请签证之步步维艰,居然还想在他国买房,不是天方夜谭、异想天开又是什么……

就算我现在三十岁又能怎么着?想得个美,他奶奶的!

当然,海滩上的这栋也不错,住在这里的人好酷!

还有立在海崖上、极具西班牙风格的这种房子。

悬在海上的房子

再看看这位意大利著名雕刻艺术家的房子，和大款的豪宅没法相比，可人家留在世上的不是房子。

奇怪的是从来没有羡慕过豪宅，哪怕不是暴发户的，而是欧洲老家族那些真正的豪宅。别说没钱，即便有钱也绝对不买。有病是不是？

艺术家的房子

十五　普利茅斯"分号"

除了三明治、烤火鸡算是美国的传统食品，美国本土的菜式可说无几，简陋、没有吃头。

马萨诸塞州的 Cape Cod（鳕鱼角）附近，就有个小镇就叫"Sandwich"（三明治）。小镇的很多店面上，都可以看到一个大大的三明治图案。真够夸张。

又说了，什么算是美国本土？是啊，什么算是他们的"本土"？

可是开放的国门，不但为美国引进了旺盛活跃的生命力和创造力、高端技术人才，也引进了几乎世界各国的美食……特别在纽约，不论你来自哪个国家，都可以找到自己家乡的口味。

从生物学的角度而言，杂交是物种发展的手段之一，杂交后的品种具有适应性强、生长周期短、再生能力强、成活率高等优点，这些原理同样适用于社会的发展。

还不赶快想想：为什么闭关自守是清廷被灭的原因之一。

美国人还算是恋旧，直到如今，仍然在十一月第四个星期四，全民上下共享烤火鸡，那是他们的感恩节大餐。

当然，回顾美国历史，"感恩"之说，真假难辨，但源头的确来自"感恩"。

一六二〇年九月，英国人乘"五月花号"在如今马萨诸塞州登陆，那个登陆点后来被命名为普利茅斯。在美国，可以找到不少来自其他国家的地名"分号"。

初到一个陌生之地，贫穷、饥饿、寒冷、疾病……使这些英国移民难以生存，一百多人到第二年只剩下五十多人，幸好有个印第安人来到此地，教会了他们如何种植玉米、养殖火鸡，从此他们有了活路，这就是直到现在，烤火鸡还是美国国菜的缘由。

普利茅斯港附近的 Cape Cod，还保留着登陆时的不少建筑，这些建筑的风格非常明显。

那个男人站在外面的房子，就是当年第一个交易所，现在已经改为问讯处。对比一下男人与房子的高度，便可见当时人的身高，着实矮小。上世纪八十年代，曾在英国探访勃朗特姐妹的故居，她们当年穿过的衣服，作为文物还留在她们的故居里，尺寸小得像是当今十岁左右孩子的服装。

Cape Cod 还保留着当年登陆后的第一家银行，当然都是重新粉刷过的。

还有某个码头上监管码头的小屋，现在已然空无一人，不过我怀疑它不是最早的建筑。

当年第一家交易所

当年第一家银行

老船坞旁看守人的小屋

美国东部有种比较有名的、叫作 Cape Cad 的薯片，就产自这里，包装上印有普利茅斯"分号"上那个大大的灯塔。

出去旅行，尽量不住在朋友家，哪怕是好朋友，说到底对人对己都不方便。

旅途中多选择物美价廉、风格各异的旅店落脚，当然有时因为好奇，也住过对我来说比较昂贵的旅馆，比如意大利锡耶纳由修道院改建的那个旅馆。不太喜欢，不是因为昂贵而是窗子太窄、太高，如果想往窗外看看，先得登上一个不低的台阶。

虽是一个台阶，但对心理还是一个隐蔽的障碍。不禁想到，这是否是帮助修士排除世俗干扰的一个小小的举措。

在 Cape Cod 没有住旅店，租用的是老房子，房主的情况不了解，但是房子内有很多"老东西"，从那些东西就能猜出，这一带与海的关系密切，台灯上的装饰，都与海和船有关。我没好意思拍摄房主的老箱子，上面刻有各种海船，就是这些拍摄，还不知算不算侵犯人家的隐私？

很想试试那部老电话，还能不能使？

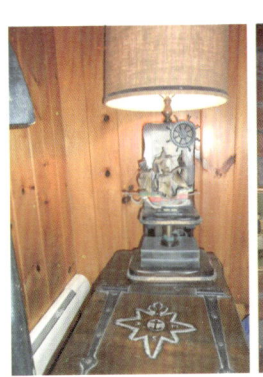

租房内的老家具

还有室外的用于照明的鱼灯和后院的花，都是很家常的东西，与住店的感受很不相同。

租房外的照明灯

老风琴　　　　　　老风琴旁的现代椅子

十六

喜欢老东西，并不是因为老了，从年轻的时候起就喜欢，就连我上中学时穿的衣服，同学们都说是"自来旧"。

在一个小镇的书店，看到了一架具有印第安风格的老风琴，老风琴旁却有一张很现代的椅子。

还在某处见到一部老电话。老电话属于男主人，他曾是上个世纪纽约股票交易所的交易员，如今已然驾鹤西去，只留下他的老电话让人追忆。

上个世纪纽约股票交易所的老电话

十七

东欧的大巴或火车,常在树林、灌木、田野中穿行,沿途满眼绿色。最多的树,当是妙曼伤感的白桦树,那是我最喜欢的树。常常觉得自己是个太过坚硬的人,对白桦树的喜爱,或许说明了隐藏在深处的一丝柔软?

茂密的白桦林像是贴着火车而过,而一望无际的田野延绵而去,我像进入年轻时读过的那些俄罗斯小说,或喜欢过的那些俄罗斯油画……耳边也不时响起那首俄罗斯歌曲:《田野》。悠长、沉稳、伤感,因为无尽。

尽管波兰姑娘是美丽的，东欧大多数姑娘都是美丽的，所以眼下国际T台上，走着一个又一个东欧模特。但波兰之行却是伤感之行。是因为忧郁的白桦林和无际的田野，还是因为他们所受的苦难太多？

波兰人大多有一双灰蓝色的眼睛，沉静地打量着这个世界，眼睛的深处却藏着遥远的忧伤。是啊，想想波兰的历史，就能明白他们为什么有这样一双眼睛。

再想想我们的历史，又比波兰幸运多少？

但忧伤和忧伤不同。我们的忧伤似乎是一触即发、雷霆万钧的，不用很多笔墨就能明白。而他们的忧伤却是内敛的，倒显得更为一言难尽。

同样是有着悠久历史文化……不用问为什么我们变得如此浅显易懂，问一九四九年吗？

波兰同样有得可问。

答案很多，有一个答案不用翻译，请看这匹马。

开始我也不明白，这么漂亮的马车和箱子是干吗使的，问了人才知道，它是用来运送垃圾的。用这么漂亮的马车运送垃圾，在咱们这里真是匪夷所思，公交车还没这个水平呢。同样是"老社"，可是方方面面显示出不可比的悬殊，可见不

谁能猜出来它是干吗使的

完全是"主义"的问题,大概还有"底子"的问题。我不想继续的长篇,就是关于"底子"的问题。

在华沙,因为理发认识了一位好心人。理发员问我想理什么发式,我说剪短即可。可理发员不懂英语,恰巧这位好心人也在理发,便主动帮我翻译,并告诉我应该付多少小费——比美国便宜太多。之后,她又留了下来,说,也许还有什么需要她帮助的地方。这就是Agnieszka Zebrowska。

理完发后,我请她去喝咖啡,我们聊得很投契,很多方面观点相近。喝完咖啡,她带我去了老城区。

好心的Agnieszka Zebrowska

那是一块让人感念杂生的地区。

照片上苏军战士纪念碑拐向右后方的那条街,一直保持着二战中的破坏状态。也是电影《钢琴家》拍摄的原址——货真价实,不用花钱现搭场景了。

街角上那栋每个窗上都封着红色木板的房子,是二战时被焚烧过的遗址,但街里的情况更为糟糕。我们顺着这条街、一栋又一栋残破的楼走下去,栋栋还是刚刚火烧火燎过的样子,比之街角那栋由政府特意保留下来的样本,毁坏程度有过之而无不及。

华沙二战中被焚烧过的遗址

Agnieszka Zebrowska说，政府只愿花钱修理那些主要的、标志性的大道，那是修给国际以及旅游者看的，而这里，二战后直到现在几十年过去了，没有翻修过一砖一瓦。过去的老住户还住在这里，再有就是那些穷艺术家，因为这里的房租便宜。我说，如果是我，我也会在这儿租房子，这些楼虽然残破，但品位很高，仔细看，还能看出那些建筑上未被毁尽的精致细节。她说她也喜欢这里，她家就距这里不远……

我们至今还通信，最近她又在维尔纽斯找到一份工作，算是高管，一再请我过去。

可行走在旅途上的人，很少再次光顾同一个地方。如果能"返回"，也就能老老实实待在家里了。

在一栋艺术家集中住宿的楼前拱形通道上，她指给我看艺术家们糊墙的旧报纸，那应该算是他们的行为艺术。其中一张报纸上印有"列宁同志"，头上被人打了一个大叉。可惜我用的是傻瓜相机，而报纸已经十分陈旧，没能拍出好效果。

我们面对那张老报纸默默地站了一会儿，她没有谈及列宁的梅毒，也没有谈及列宁带着德意志帝国的大量钱财，去完成德意志帝国颠覆俄罗斯帝国的使命……至于后来怎么又变成共产主义者，内中缘由一定十分滑稽。仔细想想，真有

被人打了叉的"列宁同志"

太多的滑稽。

　　而面对苏军战士纪念碑,我和她的感情都有些复杂,她能不想起卡廷事件吗,且不说苏联政府对波兰的其他罪行?可英雄主义是没有国界的,既不姓共也不姓资,既不姓苏也不姓波,作为战士,苏军在二战中既为苏联也为世界做出的英勇、壮烈牺牲,永远值得我们追念,尽管在占领柏林后的行为(包括在波兰、在我们东北),和日寇差不离……可我禁不住还是把纪念碑四周苏军战士的雕塑拍下来。有道是男儿有泪不轻弹,我怎么眼中竟含了欲滴不滴的泪?

苏军战士纪念碑

意想不到的效果

十八

在一处草丛中发现了这只螳螂。这家伙真够耐心,头天看见它一动不动地等着捕蜜蜂而不是捕蝉,我也不知道怎么拍的,图像居然呈现这种效果。

第二天下了挺大的雨,雨后一看,它还没有挪窝,连姿势都没有改变,而蜜蜂早就没了,难道这螳螂是死的,不然它这是干吗呢?过天再看,原来它在等"人",是它的孩子还是情人?不得而知。反正我在拍摄它们的时候,它居然向我扭过头来,对我怒目而视。而另一只趴在它身上的螳螂则心怀叵测，阴险地看着我。后来猜想那位果真是"情人"，因为它很快便消失得无影无踪。基于对这种小动物粗浅的常识，我猜想它正在那只对我怒目而视的螳螂的胃里，转化为培育它们未来子女的养料。哈哈！

一只怒目而视，一只心怀叵测

十九

有些老屋,会在明显的地方标示出建于什么年代,有些却不。

就像那些没落的老贵族,即便穷到破衣拉撒的地步,照旧会在吃饭的时候,铺上千疮百孔的桌布,不屑对暴发户卑躬屈膝讨一分便宜……而这些细节无一不暴露出他们的原貌。所以,即便有些老屋没有标示建筑的年月,但从屋前的拴马环和"照明设备",大致可以料知它们至少建于电灯和汽车发明之前。

老照明设备,供插照明火把之用

老拴马环

二十

虽是小花一朵,可是道理有点深,也许把它们放在一起有些不忍,可那是我们最后都得正视的现实。

谁都有过青春,知足吧!

凄凉的老境

招蜂惹蝶的青春

就是牛!

二十一

　　这两张图片没什么美感,但有点"意义"。相信至今为止,我知道的人,还没有哪个这么干过。

　　尽管那天又是雾又是雨,十几米外就是混沌一片,我和 Nelly 还是按计划出发,到海拔两千四百六十米的 Roque de Los Muchachos 去。因为在那个山顶上,有个几乎所有天文学家,都想在那里工作的天文台——Mirador de Francese。这样顶尖的天文台,目前世界上只有两个,另一个在夏威夷。虽然夏威夷天文台的设备同样尖端,但这里未曾污染的大气,令所有的天文学家为之向往。

山路又陡又窄又滑,只够一辆车通行,多处拐弯只有十五度,请看图片上的标牌。

也许因为天气恶劣,一路上只遇见两三辆车,谁能在这样的"鬼"天气出行,太危险了。可 Nelly 真是高手,竟然安然无恙地将车开了上去。她说,跟我在一起开车,心里没有一点负担,放松且从容,而和她的男朋友一起开车,压力特大,总在一旁指点江山不说,还不停地批评她的操作有误……这种乘客有个外号,叫作"后座司机"。

我没有对她说,如此天气、如此路况我也紧张,可越是在这种危险四伏的时刻,越不能增加她的压力,不然就很可能出事。一般来说,我不喜欢给人压力,有时候,给人压力等于是给自己压力。

遗憾的是到了山上,又是雾又是雨的天气,变成了大雾大雪,而通向天文台的道路关闭,我们只好打道回府,但我还是非常高兴,因为在这样危险恶劣的条件下,Nelly 证明了自己的能力。

二十二

说这里是乱坟岗，一点也不含糊，可也一点不瘆人，反而让人禁不住徜徉其间。只消不多时辰，似乎便彻悟了消亡与新生的转换，是如此的理所当然。

还有那些老树的纹理，让人浮想联翩，无论我们经历过什么，也许自尊自爱的我们永远也不会再提起，但都会像它们躯体上的纹理那样，同样深深地刻在生命的过程中，沉默而坚挺。

死亡的树干从来没人收敛，而是任它们腐烂，变成其他

这是一棵自视甚高的树，据说入过当地一位漫画家的画笔

让人浮想联翩的纹理

树木的养料。如果我们不在这个世界上以后,还能像这些死去的树一样为他人做点什么,是不是也不错?

只是有些树上的缠藤,非常特别。见过藤缠树,却没见

"蛇"缠树

过这么个缠法,这哪是藤缠树,简直是"蛇"缠树!

在树林里竟然还遇到两只小鹿,可惜我的傻瓜相机不顶劲儿。

林中小鹿

二十三

喜欢希腊,并非是喜欢人人趋之若鹜的那些岛和岛上具有地中海特色的白色小屋、蓝色的海,更何况那些景点如今已是人山人海,几乎无处下足。而那些景色也只是在岛的沿海部分,再往上走,就是裸露的,且没有什么特色的岩石。

喜欢希腊,是喜欢它老而弥坚的味道——尽管破败,依然从容;尽管没有巴黎的浮华,但那断墙残壁间,却处处散发出历史、文化源远流长的气息,而奥林匹克新老赛场之间又有多少风云流过?着实让人唏嘘。

当年的领奖台

当年的主席台

当年传燃圣火之台

火种之圣坛

运动员入场

奥运新赛场

希腊的一个小镇上,路面上有许多各色碎石拼出的图案,是路标吗?不像。如果是路标,应该设置在十字路口的高处或低处……一个人人践踏的路面,都做得如此妙手生花,看来只有吃饱了撑的人,才能有这份闲情逸致。他们和葡萄牙人相似,一杯葡萄酒、一块起司、一块面包足矣,然后就坐在沙滩上观赏大海,似乎别无奢求。如此这般,大概才有心思把任人践踏的路面,修理得如此别致吧。

更还有他们的幽默感,看到许多体恤,上面印制的图案,让循规蹈矩的中国人匪夷所思。有一件上印有一男一女相拥热吻的恋人,但那女人的下体,却竖起一筒高炮。难道是人妖?很想买件送给朋友,但在国内,人们能接受这种幽默吗?

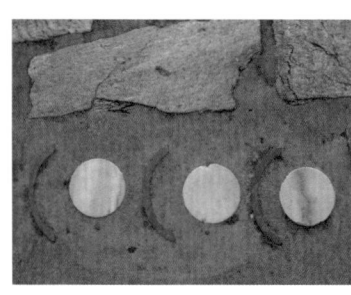
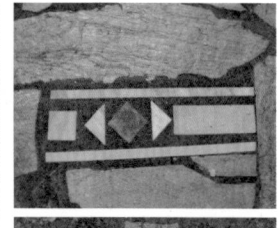

路面上的拼图

二十四

世间让人喜欢的东西还真不少,我当然不会落下,但到不了崇拜的地步。

说起崇拜,反倒和吃喝玩乐无关。比如大海、巨浪、石头、狂风……

崇拜这些东西,也许因为它们给人坚不可摧的印象,可是仔细想想,世上有坚不可摧的物质吗?据说科学家发现了一种叫作"暗物质"的东西,可以摧毁一切,然而一切又是什么呢?

想来最不可摧毁的还是人的"意志",有人一旦决定为什么而献身,就是消灭了他或她的肉体,而当初的决心依然。

图片中的石头,真像一头狮子依靠在两个拥抱的动物身旁,另一尊石头,是火山爆发后留在世上的痕迹。还有一尊,让我明白,只有我们不知道的,或说是看不到的,没有不可能的。想不到坚硬如此的石头,居然可以如此可靠地呵护着那些无人待见的小草。

巨石呵护下的生命

狮子与拥抱人的依靠

遗留在火山爆发之后

全景

门牌

二十五

这栋老房子地理位置很好,就在如今的火车站对面,当年则是马车道的一侧。

门牌上是老主人的名字。

庭院非常之大,可是人去楼空,所有的房子荒废着,除了侧门那里还有老主人的一位后人居住。

整栋房子正在拆建,后院已建起一间厂房。院里的老树也被锯掉,一棵棵瘫倒在庭院里,进入二楼铁门上的那个挂铃,还是我在院子里捡起来挂上去的。我喜欢那些窗,特别是地

侧门

侧窗

下室的窗。

老主人已经过世,遗下的房产就被子孙们随意处理了。我和其中一位谈过,这样的房子改成工厂,是不是有点可惜?他说,没有人愿意照顾这栋老房子了。

那么记忆呢,难道没人想留住在这栋房子里出生、长大、爱恋等等的记忆?

也许我站着说话不嫌腰疼,养这样一栋老房子,需要缴纳的税款,不断维修的费用,日常又须多少佣人的打理,水电费用的支付……很不得了。一位芬兰贵族的后裔说,他不得不把祖上留下来的古堡(那要比这栋房子"贵族"多了,在如今的旅游之国英国,可以见到很多那样的古堡)捐献给国家,因为光遗产费他就付不起。

进入二楼的铁门

被砍伐的老树

地下室的窗

二十六

　　两栋老房子都渺无人迹，一栋更是被火焚烧过的样子，沉默无言、认命地待在那里。好在另一栋的街角有个人（似乎在看手上的地址？），它才显得有些生机。在短暂的时间里，我尽量去接近它们，站在近处，猜想着它们的曾经，自然毫无所获，但又似乎明白了它们的过去，因为凋零是无言的曾经。

还算见得生机

焚烧留下的创伤

老缝纫机

二十七

到了一定时候,不管你愿意还是不愿意,都得做减法了。减来减去,我留下了"食"和"游",再过几年,可能连游都游不动、吃也吃不动了,还是赶紧吧。

所以每去一地之前,最先了解的是当地的美食,而不是它的地理历史、名胜古迹。

我的经验是那些旅游书不算可信,最稳妥的办法是看哪家饭馆爆满。

这家饭馆却没有追随这个经验。我有好奇的毛病,见到不同凡响的房子，常常假装不懂，借故进去打探地址，或是请教，而这个饭馆进去之后，乍一看还以为是裁缝铺。迎面扑来一台缝纫机，还有挂在一旁缝制好的连衣裙。

如果是裁缝铺，那这就是为顾客制作的服装了？

之后才看到所谓的灶台、吧台、餐橱，还有餐桌，菜单挺别致，总之是农村风格。

"表演"式的灶台

柜台和吧台

餐桌

餐橱

菜单挺独特

尽现农村风格

我不怎么看账单,事后清理背包、丢弃那些没用的纸条时才发现,我点的那杯红葡萄酒,菜单上的价格和账单上的价格出入很大。不过我相当阿Q,觉得在那种地方吃顿饭,挨宰也值了。如果在大酒店挨宰,肯定会不自在好几天。

二十八

披萨的故乡在意大利,拿波里又是意大利披萨的始地,而这个披萨老店,据说是发源地的发源地(真假我不负责,已经说过,这是"据说"),有一百四十年的历史,堪称意大利披萨的老大。

老大果然老大,从不在意自己的容颜,多少年来,不论整不整容,披萨的爱好者照旧前台排队,老大的意思大概就在此吧。

如果你以后到了拿波里同时又喜欢披萨,这点信息算是我对同好的一点贡献。但所在地区的治安情况不太好,请各位当心自己的钱包。

拿波里一百四十多年的披萨老店

不动声色的震慑

二十九

忘记是在哪里与这个"窗"相遇,叫它"窗"真有点糟践它了。它不是窗,它是一种不动声色的震慑。

三十

一般来说,在一个陌生的城市里走街串巷,很少抬头仰望。那次猛然抬头,只见这位女士,一动不动地探身在半掩的窗帘后面,浑身上下一色的青白,即便光天化日之下,还是吓我一跳。

是艺术家的行为艺术,还是雕塑?如此细致入微的线条,和那满是怨尤的眼神,实在不像雕塑。然而窗帘却是凝钝的,背景也无真实的通透,想必还是雕塑?

行为艺术还是雕塑？

举世无双的摄影

三十一

这些图片,算是我的摄影创作。

下面的这张相信是世界上独一无二的图片。冬天来到之前,伐木工人为艺术基金会送来了壁炉不可少的木柴。我在楼上不经意地往仓库一望,忽然看见这两段被伐木工人特意放在仓库外的树桩。真是世上少有的树桩,赶紧拿了相机跑下楼去,拍下了这两个死到临头也不离不弃的树桩。

说它举世无双是因为没过两天,树桩就被伐木工人劈为适于壁炉使用的大小,就是有人想拍摄,它们也已经变成了灰烬。

西班牙La Palma小岛上的海浪

2004年德国Schoeppingen的树林

书亭的冬日

我以为各种文化形式中，最不容易广泛、亲密接触的大概是绘画。不像文学，世界上那些最好作家的最好作品，几乎都能在国内找到译本，能不能进入那些文字的灵魂深处，就看个人的造化了。而绘画，好不容易、大动干戈地从某国搬到国内展出，可惜那搬过来的，却未必是自己喜欢的画家。

所以每到一地，第一件事就是参观当地的美术馆。

最喜欢的是马德里的蒂森博物馆。

东欧一些小城的小美术馆也相当不错，总能在里面看到三几幅很好的画作。

一个博物馆或美术馆的品位，往往决定于初始筹建者的品位，而后由接手者跟进。有些博物馆，比如纽约 MOMA 博物馆，我总觉得道行还不够，去过几次，展品即便有所更换也不怎么着调，还不如街里的一些小美术馆。在一条小街的一家小美术馆，我就看到过不少 Egon Schiele（埃贡·席勒）的作品，那是我喜欢的画家之一。

只好在 MOMA 找我自己的视点，让它为我服务、服务。这张片子是从 MOMA 的一侧楼梯，向对面那侧楼梯拍过去的。

纽约Moma博物馆

三十二

旅途上不尽是赏心悦目的景致；不同风情、文化、美食的享受，肯定会遇到坑蒙拐骗的事，举目无亲的情况下，似乎倍感沮丧。

怎么才能过去那个坎儿？我有一个阿Q式的办法，那就是想想一生中被坑过的、最惨的历史，眼下这些可不就是小菜一碟。除非你一生顺当，这样的人似乎不多。

还是说说遇见过的好人，给自己加把劲儿，不然还能怎么着？

旅途中遇到的几位店主，在我们的生存环境里，实属于少见。

马泰拉旅店老板及服务员

先说第一位,马泰拉的店主。

意大利人是非常热情的,即便自己不知道的事情,也会勇敢出手。

向几位意大利老头打听旅馆路线,哥儿几个不但门儿清,还自告奋勇地带领我前进。

因为到过意大利若干次,心里还算有底:那就是基本没谱。可是面对这样的热情,谁好意思拒绝?只好跟在后面瞎蒙。上上下下翻墙之后,果然不是我要找的旅馆。

眼看天色已晚,他们就有些不好意思,我安慰他们说,别着急,我能找到旅馆。他们才快快离去。

等我摸到这个旅馆时,店主已经打算锁门回家了。

他说:"对不起,单人房间全都订出去了,无法接待。"

我往他接待室里的沙发一坐,说:"我已经累得走不动了,反正你得帮我,不然今晚我就睡在这办公室的沙发上了。"

善良的店主,只好打开已经订出去的房间,说是我只能住两天。我也就赖皮赖脸地住下了。

太喜欢这家旅店的风格:外部建设旧且破败,里面可是另一番天地!可惜我的傻瓜相机照不出效果。

到了我必得离开的时候,赶上周日火车休息,那里只有

旅店的洗澡间

地方小火车，开起来剧烈地咣当，不是夸张，绝对有一种早晚被咣当出去的感觉。这种小火车还挺牛，逢周末便停运。

老板和女服务员于心不忍，便开车送我到阿拉巴拉巴马，而且只收了三分之二出租车的费用。到了之后还不放心，一一向我落脚的旅店确认清楚，之后还要开车送我去旅店。我说，你下午还得接待客人，而且这一路并不太近，还是尽快回马泰拉吧。阿拉巴拉巴马很小，我下榻的旅店不远，别担心。

我请他们吃过午饭再上路，他们死活不肯，只答应喝杯咖啡。

第二位店主名叫彼得。

我入住后的第一晚，房间并不朝着景观。对此我也不甚在乎，反正白天出去逛，晚上不过在这里睡个觉而已，又不是在这儿过日子。如果凡事都斤斤计较，结果是给自己找不痛快。

第二天有客人离开，彼得马上让我搬入那间朝向景观、有阳台的房间，房租不变。

用咱们的话说，这样的店主整个一傻帽！他完全可以不这样做，我反正又没有提出抗议。

之后他还自愿当我的导游——不额外收费，自豪地对我说，他要带我去的那些地方，连当地的导游都不知道。那个全木质的教堂，就是他带我去参观的。

如此诚心诚意，不好说不，懵里懵懂地就上了他的汽车。

先带我去看了有四百年历史的老教堂，就是那个完全木质结构的教堂。时间已是下午，教堂已锁，凑巧有个工作人员开门进去，他暗示我别作声，我们蹑手蹑脚随他而进。

我从来没有见过从里到外都是木质结构的教堂，并惊讶

全木质结构的教堂

于四百年过去,这些木头居然没有腐烂。想拍张照片,却因懵里懵懂地上了彼得的车,根本没想到带相机。

彼得说回旅馆拿去。我哪好意思那么干,何况他这个导游还是免费的,只推说太麻烦。可他是个说干就干的男人,车一掉头,就开回旅馆,让我去取相机。

重回老教堂后,他又带我去看了附近所有的景点。的确,这些景点,如果不是他这个"地头蛇"引导,来此旅游的人

当地景色

是永远看不到的。

　　他告诉我周边有179个湖,他带我去看的是六个湖连在一起的景致。说:"有的湖水深至175米,有的湖深至1554米。当年拿破仑兵败俄国,从俄国撤退后,就曾途经这六个湖。"是否如此,已经无法考证,即便历史果真如此,恐怕也不会如此细节地调查到拿破仑行经的这六个湖吧?

拿破仑从俄国撤退途经的六湖之一

之后，我们去了一个老磨坊，旁边还有一个小农具博物馆，可是那天不开放，他打电话给博物馆，看看能不能为远道而来的我网开一面，结果没有联络上。途中又带我去看了一棵有千年生命的老树，从树根往上看，居然直到树梢都是空的。

老磨坊

小农具博物馆

最后去看一个涌泉，泉水从 138.5 米深处涌上，有对老年夫妇，带了两个大水箱来这里取水。他让我看了景观外的英文说明，原来这里的水如天然药物，每天喝一杯，对健康特有好处。一旁的树杈上挂着几个破杯子，供来人试用，他用杯子接了水让我品尝，也没尝出什么特别之处，但只能说："很好，很好。"

店主彼得，当地的千年老树，他自己就先钻了进去

只是林子里的蚊子太大，脖子上被咬了四个大包，不但痒还疼。这里的蚊子不像一般蚊子，咬过之后痒一会儿也就算了。可能是因为经常饮用这种泉水之故？

彼得的旅店还兼营饭馆，饭食味道尚佳，所以生意不错，常常客满，就是提供的菜肴品种少了点。可能因为我穿着一件沾满染料的破T恤，有客人居然还跟我讨论餐厅里挂着的那些画。

我在彼得的旅店停的时间比较长，因为被上个旅店的店主坑了，为争一口气提前离开，不得不改变旅行日程。

每日或是坐在湖畔看飞鸟，看钓鱼的人，看四周的白桦林，或躺在湖畔绿莹莹的草地上看天上的浮云……心中好不宁静！多少年了？差不多六十年，没有过躺在草地上看云朵飘浮的惬意。也不在意有人说什么，即便觉得这个老太太过分，又有什么！

经常来访的客人

一个陌生的人,来到一个一辈子也不会想到、来到,而且永远不会再来的陌生之地,是缘分还是什么?

又想,要是一生一世永远生活在这个小镇,从来没有机会看看外面的世界,还会这样惬意吗?

看别人的生活总是容易的。和旅馆的小姑娘聊天,她们还羡慕我这种可以走来走去的生活呢。告别的时候,常常服务我那个桌面的小姑娘说,听说我走还挺伤心。

临行前一晚,买了一瓶红葡萄酒,约了彼得和他的儿子一起畅饮,算是小小的答谢。

第三位店主名叫 Janis。

他的旅店 Lielvārdes Osta 很可爱,就坐落在从白俄罗斯流过来的道加瓦河(Daugava)边,旅店从内到外皆为原木,没有刷漆,散发着一种木头特殊的气味。这是一处为舢板运动人士提供的食宿小店,旅店下面就是舢板爱好者经常光顾的河流,对此旅店小楼左上角有明显的标示。店主还经常为舢板运动爱好者组织 party。

餐厅的服务员 Uldis(乌迪斯)Ziedins 也很和善,朴实,不势力,搭理或不搭理你都是真诚的。除了向我介绍本地菜

Lielvārdes Osta旅店的前门和旅店的标示

式外,还向我介绍一种国酒"Black Balsam"(绝对不是为旅馆推销),这是真正的国酒,也就是普及到老百姓、人人都可享受的酒,而不是有头有脸的人士才能喝上的酒。

起始我很受不了那股呛人的味道,但他们告诉我,那种酒对患有胃病和咳嗽的人大有好处,于是开始试着喝,居然喝上了瘾。上瘾之后的问题是,除非回到那里,哪儿也找不到这种酒了。

国酒

在那里，还认识了一位从荷兰来的，在此定居的退休记者。他劝导我说："来这里定居吧，景色优美，物价便宜。我租住的公寓两室一厅，家用电器一应俱全，每月房租水电总共两百欧元。我甚至不用做饭，天天来这里就餐，便宜实惠，还能和他们聊天。"这哪里是旅馆，简直就像他一个临时的家。

Janis十分诚实。我本以为他分给我的那间客房，就是我订的客房，但当我离开时，他却说，实际上他租给我的房间，比我原订的房间小，所以他只能收我二十欧元。

离开那天，因为班车很早，Janis还安排他的妹妹送我去长途汽车站。她一早就起来特地为我一个人准备早饭，其实早上我吃不了多少。走的时候，她执意而真诚地非要送我，我对她说，不用送我，我只有一个拖箱和一个背包，而且我喜欢走一走，最后再看看这个地方。

时间很多，我慢慢地走着，挺好。

在破旧的大巴站遇到一个老头，随手就给我一个小苹果，我谢过他，没有接受那份馈赠。

见我时刻注意来往车辆，他戴上花镜，仔细看了看大巴站外的时刻表，用手比画说，七点三十一分的车已经走了，

店员Uldis和店主的妹妹

下面一趟是八点十七分的。又打开他的手机,让我和朋友或是家人联系,我说我没有家也没有朋友。

当时他正在吃梨,听我这样说,马上又给了我三个梨。因为语言不通,他不能和我交谈,我从他的肢体语言得知,那些梨子是他在树下捡的。尽管梨子小得像是核桃,我还是愉快地接下了这份特殊的体贴——在他听我说既没有家也没有朋友之后。

他也并不因为给了我那么小,而且还是在地上捡的梨子而不自在,照旧津津有味地吃他的梨。我假说喜欢汽车站墙上的涂鸦,起身拍照,其实是为了留下他的身影,好在照片还算清晰。

在漂泊的旅途上,能遇到如此真诚的心,足矣。

大巴站的工人

之后，我带着这两份心意，继续独自的旅行——这也许是我在路上，从未感到过孤助无援的原因。

…………

离开这些店主之后，我都给他们写过 E-mail，有的还寄了礼物，可是他们都没有给我回信。在我来说，他们都是我们的生存环境里难得一见的人物。在他们来说，不过是正常的营生，如此待客根本就没图过回报。所以，走了也就走了，这更让人感触良多。

道加瓦河上的风景

难以遇到的又如此真诚的注视

三十三

我们无法估算,这一生曾与多少眼睛相对而视,留在记忆中的又有多少?除了至亲至爱,恐怕无几。我的记性尤其不好,常常忘记很多看起来重要的事情,如果没有我的好邻居和女儿帮忙,我不知丢掉多少文件和忘记多少必须记住的事情。

但有一双眼睛,多年过去,仍让我念念不忘。在我的经验里,很少能遇到与我毫无干系,又如此真诚的注视。

尽管我明白,这多半是我自作多情,但我仍然珍惜。

用作招牌的"骏马",包装的是真马皮!

三十四

　　这是一个有意思的旅馆,说不清是多少年前的驿站(很多小地方的旅店,差不多都是当年的驿站),这从它们的地理位置就可以看出。

　　店面不知是店主祖上的产业还是他盘下来的,而店主也显然喜欢与马有关的一切,旅馆大门外用作招牌的"骏马",包装的是真马皮——如假包换,内里塞的什么就不知道了。

　　旅馆内的各项设施,也尽量保持了驿站的风格。客房外虽放置了很多怀旧的家什作为装饰,客房内却很现代,不但

旅馆内院

旅馆外景

有吧台，吧台后是简易的炉灶，如果你想煮个咖啡什么的（竟然不用 Mr.Coffee，多么的怀旧），简易炉灶后面是宽大的洗澡间。

客房外

客房外十分"寒碜"，室内却还有吧台，吧台后是炉灶，炉灶后是洗澡间

住店的人不多,似乎店主也没有煞费苦心地经营,并打算以此挣个大钱。但人来人往很是热闹,好像是这个小城的文艺中心,几乎每晚都有表演:音乐、舞蹈、话剧……住店的旅客倒是可以免费观看,就是一直吵闹到很晚。

是啊,想开了也是一乐,人生苦短,乐和就行。

我很佩服自己,居然找到这么一家旅馆。早上坐在满是车轮的院子里喝咖啡,真是别有韵味。

早餐桌

室外餐厅

三十五　往左扭扭头，
　　　　　往右扭扭头

有人说，在意大利往左扭扭头，就能看见两千年前的一个什么东西躺在那儿；往右扭扭头，又能看见三千年前的一个什么东西杵在那儿……

的确如此。本来是去酒庄，汽车随便一开，就经过了一处三千年前的贵族群墓。可意大利贵族的墓地，比咱们贵族的墓地差远了——是美学趣味的不同，还是人家早想明白了：死后原知万事空，还是趁活着的时候尽情享乐？

三千年前的贵族群墓

我选了一处墓穴,进去逛了逛。

三千年前,谁曾在这条石凳上坐过?

三十六　别瞧不上那些废铜烂铁

人说：有些艺术家是疯子，我不认为这是贬义词，反而理解为他们有超出常人的独特视觉、思维、悟性……比如那些废铜烂铁，在他们手里，就变成了这些艺术品。当然，你可以不喜欢这种口味，可也不得不承认自己决想不到会这么干。

有时难免不崇拜那些"疯子"艺术家，谁知道他们什么时候，会创造出让人眼睛一亮的神奇。他们的感悟，是咱们感悟不到的，自然也难以想到去表达，即便想到去表达恐怕

在艺术家手里,废铜烂铁就变成了这些艺术品!

也表达不出来。我老觉得上帝给了他们一双与众不同的眼睛，一颗与众不同的心魂。

认识几位艺术家，他们的生活是极尽简单的。但简单的物质生活，不等于简单的精神生活。

联想到自己，年轻时也曾追逐虚华，渐渐就知道精神上的富有，才是最真实的富有。于是把身外之物全送人了，只剩两张桌子、几把椅子、一张床和一个书架了。空空如也谈不上，但宽敞的感觉着实让人轻松。

戴着地摊上买的三十元一块的手表走遍天下，大摇大摆地参加国际会议以及住宿会议提供的五星酒店……有什么！不就是看时间嘛，省下那些钱我还旅行呢。尽管因为穿着太破，被那些只识金镶玉的眼睛怠慢，可我一点也不气愤，只觉得像是看了一场西洋景似的兴趣有加，看着那些只识金镶玉们真像看世上一种稀有的动物，谁说不是一乐？

宗教课程结束后的宴会厅

三十七

这三张照片,摄于学生们在校完成宗教课程后的庆典宴会,相当隆重。

他们根据父母的意愿,在学校必得选修宗教课程。这课程延续多年,到青少年时期结束。

我始终认为,这是父母对孩子的强制,他们信仰宗教,不等于孩子们也必须信仰,可是孩子们没有选择权,而且我知道多数孩子并不喜欢宗教课。所以我悄悄地对那两个孩子说:"祝贺你们终于不必再上宗教课了。"他们听了,彼此会心一笑。

我确信,在一个自由民主越来越成熟、生存环境越来越无忧的社会里,信仰宗教的人将越来越少。

宴会桌上的装饰

宴会上的十字架蛋糕

三十八

对中国已经进入世界强国这句口号,我总是很难信服,可有时又不免犹豫,要不要接受这个口号?比如常常旅行在外,回国时总想带些礼物送给朋友。昂贵的咱买不起,买得起的几乎全是 Made in China,那是一个铺天盖地。就像有人说的那样:世界上凡是有麻雀的地方,就有中国人。我改一句行不行?世界上凡是有麻雀的地方,就有 Made in China。这时还真不能不信,咱已进入世界强国。

可你说，千里迢迢带回来个 Made in China 算怎么回事？人家没准会想，你这是不是在北京买的地摊货，还假装是从国外特意带回来的礼物？

不过这张照片，向毛主席保证：绝对不是 Made in China 的雾霾，而是一个阴雨天，另外一张照片才是人家的日常景象。

我真不服气，他奶奶的，凭什么这儿就有这么清朗的景象，不会是山寨版的吧？之所以怀疑它是山寨版，是因为不相信世上竟然有这么美的事儿。

阴雨天气

晴朗时的天空

三十九

我认为光线是色彩的生命。所以雷诺阿在他的绘画中,十分地强调了光线与色彩的关系,不过我觉得他有时强调得过分,反倒有了"甜腻"的感觉。"分寸感"真是难以掌控的一件事。

既然觉得人家过分,又何必在下面这些片子里,也来试一把?是恶作剧心理,还是不甘人后的自我膨胀?

也许脾性如此!从小干什么都想试一把,包括写作,也喜欢打一枪换一个窝。所以有些评论家认为我的创作难以归类,即便不与他人归类,纵观我全部的作品,也是忽而东、忽而西,难以确定我的风格,不过这正是我所追求的。我常常觉得"风格"未必是一件好事,难道不是另一种"画地为牢"吗?

光影

初始还是"和风细雨",次日一早却是瑞雪满枝头

四十

今年的气候有如抽风,今天热得只穿一件衬衣,明天冷得重新穿上棉袄。正是:冷得来冷得冰凌里卧,热得来热得蒸锅上坐。大自然对人类的造孽与不敬,渐渐显出它的威风。不过还算客气,没有像传言所说,在某日将人类毁灭。即便昨日风和日丽,今日雪上加霜,至少有些地方还不是窦娥的六月雪——有些地方而已。

幸亏不是窦娥的六月雪

四十一

也许因为写小说的缘故,也许因为我从没打算成为一个摄影家的缘故,我所有的拍摄,只是对旅途中那些触动自己事或物的记录。

可正是因为写小说的缘故,对细节一贯是兴味盎然。

看到有些摄影大师的杰作,高山仰止之情油然而生。由于对他们作品的热爱,希望他们好上加好,我不得不再犯口无遮拦的毛病,那就是他们的作品也有美中不足之处:题材的雷同和重复。这是小说创作的忌讳,也是摄影的忌讳,说白了,是所有事业人的忌讳。

重复是没有出头之日的,如同那句名言:第一个把女人比作花的人,是天才,第二个、第三个把女人比作花的人……不说了,你懂的。

所以不但在创作中,也包括其他方面,我努力避免与他人、与自己的重复。但因才分、修养有限,还是难以脱其窠臼,不过那是我终生为之奋斗的目标。

当然加上自己的取向,我在旅途中常常被那些"细节"吸引。正像我的小说那样,我感兴趣的,或许正是读者所厌恶,甚至误解的,比如《无字》常常被人,甚至是高人解释为有关女人家长里短的书,反倒是意大利读者,明白我在书中想要表达的"心思"。

又比如我的第二"职业"——绘画。

多次往返意大利,最喜欢托斯卡纳的乡间风景,可是托斯卡纳的乡间被世界上无数画家、摄影家,拍摄得、绘画得一个溜够,还有什么天地能让我这个二把刀都算不上的"画家"施展呢?

百思苦想后才想到一个办法,而且不能算成功,我明白,我还得为我喜欢的托斯卡纳乡间风景继续努力。

下面的图片一张拍于西班牙一个岛子,人们大概容易猜到,那是海盐的生产地。另一张卖点关子,猜猜看那是什么?你要是猜中了,肯定会骂我一句:什么品位!

地中海的盐滩

猜一猜这是干什么使的?

结束语

年轻时看过一部南斯拉夫电影,不但名字忘记了,电影的内容也忘记了。但里面的插曲,却牢牢地待在记忆里。有些事物被我们无意中牢记,总有它的道理。

歌词是这样的——啊,朋友再见!,啊,朋友再见!,啊,朋友再见吧、再见吧、再见吧,如果我在战斗中死去,请把我埋葬在山岗。

我能不能改句歌词?如果我在流浪中死去,请把我埋葬在山岗。